ONCE AROUND THE BLOCK
UNA VUELTA A LA MANZANA

CINCO PUNTOS PRESS ✦ EL PASO, TEXAS

For all the special women in my life, especially my mother Dolores.
—José Lozano

ONCE AROUND THE BLOCK

UNA VUELTA A LA MANZANA

From Amelia to Zack

(And Everybody in Between)

Written & Illustrated By
JOSÉ LOZANO

A is for Amelia and her sister Anita. They are always arguing. Their arguing makes their brothers Álex and Arturo cry as loud as a couple of ambulances. Their mother Antonia warns them, "Stop or I'll make you babysit!"

Instantly Amelia and Anita apologize. "Ándale, Anita," yells Amelia and they run out of the house and down the avenue.

A es para Amelia y su hermana Anita. Siempre están alegando. Alegan tanto que hacen que sus hermanos Álex y Arturo griten tan fuerte como un par de ambulancias. Su madre, Antonia, les advierte: —¡No le sigan o tendrán que cuidar a los niños!

Inmediatamente Amelia y Anita se disculpan. —Ándale, Anita —grita Amelia y se salen de la casa rumbo a la avenida.

B is for Benito who loves baseball, bumblebees, and big bean burritos. His Uncle Bobby gave Benito a bugle for his birthday. Benito blows his bugle so loud even Aunt Betty can hear it ten houses away.

B es para Benito, que adora el beisbol, los abejorros y los burritos de frijoles bien grandes. Su tío Bobby le dio a Benito una corneta para su cumpleaños. Benito toca su corneta tan fuerte que la tía Betty puede escucharlo a diez casas de distancia.

C is for Catalina who loves to create crunchy snacks by cutting up tiny strips of carrots, jicama, cucumbers, and crisp celery. Carefully she blends a zippy onion mix with cold sour cream and sets out a bowl of blue corn chips. "This concoction looks so colorful, my dear," her grandmother Celia says. "But first I must put in my teeth. Without them, I can't chew at all."

C es para Catalina, que ama crear crujientes aperitivos cortando pequeños trozos de zanahoria, jícama, pepinos y apio fresco. Con cuidado revuelve el polvo de cebolla con una fría crema agria y coloca la mezcla junto a un tazón de totopos azules. —Esto se ve bien colorido, querida —le dice su abuela Celia—. Pero primero debo ponerme mis dientes. Sin ellos, no puedo masticar.

D is for Daniel who dreams about diving in the summer Olympics. He wants to win a gold medal. "Look at me, Mother dear," Daniel shouts. "I'll try a double flip."

His mother buries her face in a dish towel while Daniel bounces higher and higher on the diving board.

D es para Daniel, que sueña con echarse clavados en los Juegos Olímpicos. Quiere ganarse una medalla de oro. —Mírame, madre querida —grita Daniel—. Intentaré una doble voltereta.

Su madre oculta la cara en una toallita mientras que Daniel salta cada vez más alto en el trampolín.

E is for Elena who is very energetic. Elena likes to exercise so she takes long walks around the block with her grandma Emilia. They walk past some houses that are elegant and some that are empty. When they get home, they are exhausted and sit on the front porch to eat an early supper and watch the evening sunset.

E es para Elena que es muy energética. A Elena le gusta el ejercicio así que hace largas caminatas alrededor de la manzana con su abuelita Emilia. Caminan junto a unas casas elegantes y otras vacías. Cuando regresan, están cansadas y se sientan en el porche para cenar temprano y mirar el atardecer.

F is for Federico who loves to fly in a big shiny plane where they give him fancy food and his own fluffy pillow. For some unexplained reason, though, Federico has been afraid of clowns—that is, until he flew on Friday to Florida and made friends with a clown named Freddy Fearless in the fourth aisle over.

F es para Federico, que le encanta volar en un avión brillante donde le dan comida exquisita y una cómoda almohada. Por alguna razón inexplicable, Federico le tenía miedo a los payasos, hasta que voló el viernes a Florida y se hizo amigo de un payaso llamado Freddy Fearless en la cuarta hilera.

G is for Gabriela who stops at the Grove Market on the way home from school to buy grapes and other goodies for her little sister Grace. Their father Gerónimo is a gardener. Today he is planting flowers. When they grow, Gabriela's mother Gina will fill their house with great big vases full of gorgeous gladiolas and gardenias.

G es para Gabriela que llega al Grove Market cuando regresa de la escuela para comprar uvas y otras golosinas para su hermanita Grace. Su papá, Gerónimo, es jardinero. Ahora está plantando flores. Cuando crezcan, la mamá de Gabriela, Gina, llenará su casa con grandes floreros de gladiolas y gardenias.

H is for Hortencia. Her mother Herminia is a hairdresser at Helen's Heavenly Hair. Hortencia's hair is sometimes hip, sometimes hot, and sometimes dyed an unusual hue. "My mom likes to get a headstart on the newest hairstyles," Hortencia explains to her friends Heidi and Hannah.

Today half of her face is hidden by a huge hunk of red hair. "Watch out, Hortencia," someone hollers—too late!

H es para Hortencia. Su madre Herminia es una estilista en el salón Helen's Heavenly Hair. El cabello de Hortencia está muy de moda, algunas veces con un corte atrevido y otras, teñido de un color extraño. —A mi mamá le gusta adelantarse a los cortes más nuevos —explica Hortencia a sus amigas Heidi y Hannah.

Ahora la mitad de su rostro está cubierto por un mechón de cabello rojo. —Cuidado Hortencia —alguien grita… ¡demasiado tarde!

I is for Isabel who likes to stay indoors, cruise the Internet and write interesting stories. Isabel's favorite story is about an island surrounded by an inky ocean that has a haunted palace made of ice. She is suddenly interrupted. Her friend Ivonne taps on the window. "It's Irma's birthday," she shouts. "She's having ice cream and we're invited!"

I es para Isabel, a quien le gusta quedarse en casa para navegar por la Internet y escribir historias interesantes. La historia favorita de Isabel es acerca de una isla, rodeada de un océano color de tinta, que tiene un palacio embrujado hecho de hielo. De repente alguien la interrumpe. Su amiga Ivonne toca la ventana. —Es el cumpleaños de Irma —grita—. ¡Va a tener helado y estamos todas invitadas!

J is for Jake who just turned eight in June. Jake is jolly and generous and loves to invite his friends Julio and Janet to The Jalisco Hut for a treat. "Oh, I'll JUST have a little bite," Julio always says, but ends up ordering an orange Jell-O with whipped cream for him, a cherry Jell-O for Janet, and—if they're still hungry—a jam-filled chocolate cake.

J es para Jake, que acaba de cumplir ocho años en junio. Jake es muy divertido y generoso y le encanta invitar a sus amigos Julio y Janet al Jalisco Hut para comprar una golosina. —Sólo será una probadita —dice Julio siempre, pero termina comprando una gelatina de naranja con crema para él, una gelatina de cereza para Janet, y si aún tienen hambre un pastel de chocolate relleno de mermelada.

K is for Katya who is very kind. She has a knack for helping other kids, though her ideas about this are a little kooky. She keeps a backpack full of the kinds of things she thinks kids might need—like ketchup packets, kneepads, and keychains. "You have everything in there but the kitchen sink," her mother Kay complains.

K es para Katya, que es muy cariñosa. Es buena para ayudar a otros niños, aunque sus ideas acerca de la bondad son un poco raras. Llena su mochila con cosas que ella o sus amiguitos podrán necesitar, cosas como paquetes de kétchup, rodilleras y llaveros. —Tienes todo ahí excepto el fregadero —se queja su mamá Kay.

L is for Leonardo, who always wins in lotería and chess. Leonardo loves languages, and he practices lots by writing letters to his lovely cousin Lorena in Laredo. He also loves his grandpa Lalo who plays the accordion with a group called Los Laguneros. They play loud happy music in Leonardo's back yard. Leonardo laughs and claps along.

L es para Leonardo, que siempre gana en la lotería y el ajedrez. A Leonardo le encanta las lenguas extranjeras, y practica mucho escribiendo cartas a su linda prima Lorena de Laredo. Quiere mucho a su abuelo Lalo, que toca el acordeón para una banda llamada Los Laguneros. Ellos tocan música alegre en el patio trasero de Leonardo. Leonardo se ríe y con las palmas sigue el ritmo de la música.

M is for Mariana whose mind works like a computer. She draws maps and makes models of perfect mansions and manors where many families might move. "This is where the mail will be delivered and this is where the school will be," she warns her baby brother Manuel. "Don't mess with my miniatures!"

M es para Mariana, cuya mente funciona como una computadora. Dibuja mapas y hace modelos de mansiones perfectas y fincas para familias. —Aquí se podrían entregar las cartas y aquí es donde estarán las escuelas —le advierte a su hermanito Manuel—. ¡No te metas con mis miniaturas!

 is for Néstor whose grandmother owns a bakery called Nana's, where Néstor's aunt Nancy and uncle Nacho decorate cakes from nine to ninety inches high, using nuts and other natural ingredients. Neighbors come to Nana's from near and far. "No one leaves Nana's with an empty bag or an empty belly," is Nana's neat slogan.

N es para Néstor, cuya abuela es dueña de una panadería llamada Nana's, donde Nancy y Nacho, la tía y el tío de Néstor, decoran pasteles de nueve a noventa pulgadas de alto, usando nueces y otros ingredientes naturales. Los vecinos llegan a Nana's de lejos y cerca. "Nadie se va de Nana's con una bolsa o la barriga vacía", es el eslogan ingenioso de Nana's.

O is for Olivia, whose aunt Ofelia studies art at Owens Institute. On Saturdays, Olivia and Ofelia visit opulent galleries. They like to observe carved objects, both ancient and modern. Ofelia whispers to Olivia, "These faces are ordinary, but I've just seen one that looks like your brother Omar. Come quick and see."

O es para Olivia, cuya tía Ofelia estudia arte en el Owens Institute. Los sábados, Olivia y Ofelia visitan las galerías opulentes. Les gustan observar los objetos tallados, antiguos y modernos. Ofelia le murmura a Olivia:
—Estos rostros son comunes, pero acabo de ver uno que se parece a tu hermano Omar. Ven rápido a verlo.

P is for Pablo who has won many prizes for playing the piano perfectly. He practices with his teacher Pam everyday. He performs at parks, plazas, and La Puente Mall. Once he played in a parade, the piano high up on a platform. Mostly he plays for parties at home, though, adding all sorts of pizzazz to make his parents proud.

P es para Pablo, que ha ganado muchos premios tocando el piano perfectamente. Practica todos los días con su profesora Pam. Toca en los parques, las plazas y La Puente Mall. Una vez tocó en un desfile, el piano muy arriba en una plataforma. Pero sobre todo toca en las fiestas de su casa, siempre agregando algo de emoción para hacer que sus papás se sientan orgullosos.

Q is for Quintana Roo, a quick and clever young girl named after the state in Mexico where her father grew up. "Ay, caramba," her friends quip, quivering with laughter. "They could have named you Quito or Quivera—even Quebec!"

Quintana Roo spends quiet evenings with her mother Queta, quilting, a little quartz clock ticking softly in the kitchen.

Q es para Quintana Roo, una niña inteligente que se llama así en honor al estado mexicano donde creció su papá. —Ay, caramba —dicen sus amigos, sacudiéndose de risa—. ¡Te podrían haber puesto Quito o Quivera... hasta Quebec!

Quintana Roo pasa las tardes tranquilas con su mamá Queta, cosiendo, mientras un pequeño reloj de cuarzo hace un leve tic-tac en la cocina.

R is for Rodrigo whose grandfather Rogelio was a famous wrestler named The Red Avenger. For recreation and relaxation, Rogelio puts on his old red mask and recounts his real-life adventures as a luchador for his young relatives. "You should record those great stories," says Rodrigo's cousin Rich. "Write them down so we will never forget them!"

R es para Rodrigo, cuyo abuelo Rogelio era un famoso luchador llamado El Vengador Rojo. Para recreación y descanso, Rogelio se pone su vieja máscara roja y cuenta sus aventuras como luchador a sus jóvenes parientes. —Deberías grabar esas emocionantes historias —dice Rich, el primo de Rodrigo—. Escríbelas para que nunca se nos olviden.

S is for Silvia whose cousin Sammy thinks that Silvia is too spunky. Wearing silver sandals, Silvia invites Sammy to Susie's Submarine Shop for a bite to eat. Sammy is often silent. "Speak up, Sammy," Silvia shouts, digging her pointy elbow into his stomach.

"You're getting on my last nerve, Silvia," Sammy says.

S es para Silvia, cuya prima Sammy piensa que Silvia tiene mucha chispa. Usando sandalias plateadas, Silvia invita Sammy a Susie's Submarine Shop para comer. Sammy con frecuencia es callado. —Habla fuerte, Sammy —grita Silvia, clavándole su codo puntiagudo en el estómago.

—Me estás empezando a fastidiar, Silvia —dice Sammy.

T is for Tomás whose older sister Teresa teaches kids folkloric dancing on Tuesday nights. Tomás can twirl, twist and tap better than Ted, his best friend. Ted and Tomás tested their skills together by trying The Dance of Los Viejitos at the Talent Show, wearing grimacing wooden masks and teetering back and forth on canes as they danced.

T es para Tomás, cuya hermana mayor, Teresa, da clases de danza folklórica a los niños los martes en la noche. Tomás puede girar, torcerse y bailar tap mejor que Ted, su mejor amigo. Ted y Tomás probaron sus habilidades bailando la Danza de Los Viejitos en el show de talento, usando máscaras de madera y moviéndose de un lado a otro con bastones temblorosos mientras bailaban.

U is for Ulises who has an identical twin brother named Humberto. Their uncle Juan, once considered an ugly duckling, restores old furniture to usefulness at his shop on Utah Street. Uncle Juan works very hard. "Don't be uneasy, Uncle, or you'll get an ulcer," the twins tell him.

U es para Ulises, que tiene un hermano gemelo que se llama Humberto. Su tío Juan, considerado alguna vez el patito feo, repara muebles antiguos en una tienda ubicada en la calle Utah. El tío Juan trabaja mucho. —No reniegues tanto, tío, te puede salir una úlcera —le dicen los gemelos.

V is for Vanessa who lives in an old Victorian house with her grandmother Vibiana. Vanessa's Victorian holds valuable objects like a lovely painting of a lady in a violet velvet dress. "That is me," Vibiana declares as she tries her vanilla pudding, "just before I met and fell in love with your grandfather Van."

V es para Vanessa, que vive en una vieja casa victoriana con su abuela Vibiana. En la casa de Vanessa hay objetos valiosos como un bello retrato de una señora que viste un vestido de terciopelo. —Esa soy yo —declara Vibiana mientras saborea su budín de vainilla—. Pero eso fue antes de conocer y enamorarme de tu abuelito Van.

W is for Wilfredo whose father Willy works for Crystal Lake Water. His mother Wendy is a manager at the Whittier Car Wash. Maybe because of all this wet stuff, Wilfredo likes to think about water creatures like whales and great white sharks and even walruses. "Wow!" Wilfredo whispers to himself as he studies more wonderful creatures of the deep.

W es para Wilfredo, cuyo papá Willy trabaja para Crystal Lake Water. Su mamá Wendy es gerente de Whittier Car Wash. Quizás sea por todas esas cosas mojadas que a Wilfredo le gusta pensar en criaturas acuáticas como ballenas, grandes tiburónes blancos y hasta morsas. —¡Wow! —se dice Wilfredo mientras estudia acerca de otras maravillosas criaturas de las profundidades.

X is for Xóchitl who plays the xylophone in the school band. Roxanne, Xóchitl's mother, invited everyone on the block for a tamale party. "I bet your mother uses cinnamon and nutmeg in her sweet tamales," Xavier told Xóchitl.

"You must have x-ray vision," she laughed. "I'll get her to Xerox the recipe from her Old Mexico recipe book."

X es para Xóchitl, que toca el xilófono en la banda de la escuela. Roxanne, la mamá de Xóchitl, invitó a todos en la cuadra a su fiesta de tamales. —Apuesto que tu mamá usa canela y nueces en sus tamales de dulce —le dijo Xavier a Xóchitl.

—Debes tener mirada de rayos X —dijo ella riéndose—. Te voy a dar una copia de su libro de recetas del antiguo México.

Y is for Yuridia whose mother Yesenia loves yard sales. At the latest one, Yuridia found a bag of green yarn, a t-shirt that said, "Welcome to Yellowstone Park," and a yo-yo from Yorktown. Yesenia discovered an old yearbook from her highschool. "Yuck!" she said when she came across a picture of herself in the tenth grade.

Y es para Yuridia, cuya mamá Yesenia ama las ventas de garaje. En la última que visitó, Yuridia encontró una bolsa de estambre verde, una camiseta que decía "Bienvenidos al Yellowstone Park" y un yo-yo de Yorktown. Yesenia descubrió un viejo anuario de su preparatoria. —¡Yuck! —dijo cuando se encontró con una foto de ella en el décimo año.

Z is for Zacarías and his zany dad Zero. Zacarías has a crazy, lazy dog he calls Zapper the Yapper. Zapper is either catching zzzzz's on Zero's new recliner or dragging Zero and Zack down the street to Zanzibar's Pizzeria where the three of them split a pie covered with pepperoni and zucchini. It is Zapper's favorite, even though he is always eyeing the sizzling pizzas nearby.

Z es para Zacarías y su papá Zero. Zacarías tiene un loco y flojo perro que se llama Zapper the Yapper. Zapper suele estar dormido en el sillón de Zero o arrastrando a Zero y Zack a la Zanzibar's Pizzeria donde los tres comparten una pizza cubierta de pepperoni y calabacitas. Es la favorita de Zapper, aunque éste siempre le está echando un ojo a las otras pizzas.

Ñ, LL, & CH are for *Los Otros*—
Toño, Lluvia and Chuy, hermanos who
aren't communicating in English yet.
They just arrived from Chihuahua. Give
them time and soon they'll be part of our
happy block.

Ñ, LL, & CH son para Los Otros:
Toño, Lluvia y Chuy, hermanos que aún
no se comunican en inglés. Acaban de
llegar de Chihuahua. Pero dales tiempo y
pronto serán parte de esta cuadra feliz.

FIRST EDITION
10 9 8 7 6 5 4 3 2 1

Library of Congress Cataloging-in-Publication Data

Lozano, José, 1957-
  Once around the block = Una vuelta a la manzana / by José Lozano; illustrated by José Lozano. — 1st ed.
    p. cm.
  Summary: The narrator observes and describes the many people and activities in his Mexican American neighborhood, from Amelia arguing with Anita to Zacarías and his dog Zapper.
  ISBN 978-1-933693-57-6 (alk. paper)
  [1. Neighborhood—Fiction. 2. Mexican Americans—Fiction. 3. Alphabet. 4. Spanish language materials— Bilingual.] I. Title. II. Title: Vuelta a la manzana.

PZ73.L739 2009
[E]—dc22

2008056038

Translated by Luis Humberto Crosthwaite.
Special thanks to Antonio Garza for Spanish editing—¡Ándale, regrésate a El Paso!
Designed by BluePanda Design Studio.

CINCO PUNTOS PRESS   EL PASO, TEXAS